어느날 문득 네가 그리워지면 그러면… 어쩌지? 1

어느날 문득 네가그리워지면
그러면… 어쩌지?

1

| 임우현 시집 |

징검다리

차례

● ● ● ●

● ● ● ●

❀ 머리말 : 개정판을 내며

14년 전을 떠올립니다.

지금은 37살이랍니다.

21살에 군대를 갔습니다.

24살에 제대를 했습니다.

그리고 살아오며 수많은 실패와 어려움을 겪으며 어느새 37살이 되었답니다.

모르겠습니다.

아직도 세상을 살아가는 것이 내 뜻 같지 않고 세상 안에서 성공한다는 것이 무엇인지는 아직도 모르겠습니다.

그러다 어느날 지난 젊은 날 써놓았던 시집을 읽어보았답니다.

어찌나 창피하고 부끄러워지던지… 그럼에도 불구하고 아! 이때가 좋았구나.

사랑 이야기로 설레이고 작은 소망으로 행복해하던 그 시절…

어느새 너무나도 강한 축복만을 기다리고 남들보다 더 잘 되기만을 기다리며 웬만한 사랑에는 반응하기 힘든 내 자신이 너무나도 부끄러웠답니다.

그래서 용기를 내어 오래 전 습작으로 내어놓은 첫 시집을 다시금 세상에 내어놓아 봅니다.

모든 것이 감사입니다.

모든 것이 영광입니다.

모든 것이 감사… 감사…

저의 스무 살을 여러분께 드립니다.

저의 서른 살을 사랑하는 사람에게 드립니다.

그리고 저의 미래를 하나님께 드립니다.

감사… 사랑… 합니다.

2008년 어느 날 임우현

사랑이란 것 생각 좀 해봐

-한 아이가 자꾸 떠오르는 날 밤

사랑이란 것

생각 좀 해봐

아주 아주

가끔이라도 좋아

사랑이란 것

생각 좀 해봐

그러다 보면

누가 알아

네가 날 생각할 지도 모르잖아

사랑이란 것

생각 좀 해봐!

아주 아주 가끔이라도

내 사랑하는 이여
- 이름 모를 이를 사랑하고픈 날 밤

나와 함께
이 세상 어느 하늘 아래서
오늘 밤도 살아가고 있을
이름도 얼굴도 모르는
그대 위해 내 기도 드립니다.

한아름의 향기로운
수선화처럼 오늘 이 밤도
이 땅 어느 하늘 아래서
살아가고 있는 그대 위해
나 쉽게 잠들지 못합니다.

언제가 될 지 모르지만
우리 서로 만나 사랑하는 날엔
얼마나 많은 밤
그대를 그리며 살았는지

무척이나 하고픈 이야기 많습니다.

우리 서로 만나게 되는 날

그날을 기다리며

오늘 하루도 웃으며 마감하렵니다.

내 사랑하는 이여

그대도 평안한 밤이 되길

내 기도 드립니다.

누가 좀 알려줘

− 사랑한다 고백하고 싶은 날 밤

사랑?
시내 아무 곳에 있는
서점에 들어가면
많은 사람들이
사랑이란 주제로
써 놓은 글들을 읽고 있어
시, 소설, 수필 모두가
사랑에 관한 내용 들이야
그런데 난 아무리 읽어도
사랑이란 걸 모르겠어

사랑?
시내를 걸어가다 보면
레코드 점에서 흘러 나오는
모든 노래들이
사랑이란 주제로

목소리들을 내고 있어
이미 지난 노래나
최신 신곡들까지도
그저 사랑에 관한 노래야
그런데 난 아무리 들어도
사랑이란 걸 잘 모르겠어

내가 그 아이를 사랑하고 있다는 걸
어떻게 표현해야 할지
모르겠어
이것이 사랑일까?
누가 좀 사랑이란 게 무엇인지
알려줘!

너를 처음 만나던 날

―한 아이를 처음 만난 날 밤

너를 처음 만나던 날

네가 일하던 사무실 앞에서

괜히 쑥스러워 한참을 망설이다

용기를 내서

아니 차라리 얼떨결에

네 이름을 물어 보며

들어갔을 때

'전데요' 하며 나오는

네 모습과 네 목소리는

그래

그걸로 됐어

나 오늘부터는

널 알게 된 것을

아마

하나님께 감사하게 될 것 같아

우린 또 만나게 될 거야

만나서 반가워

정말이야

왜 이렇게 자꾸 웃음이 나오지?

모르겠다 나도

하 하 하.

난 네가 필요해

−한 아이가 나에게 얼마나 소중한 존재인가를 느낀 날 밤

난 네가 필요해
나의 웃음을 받아 줄
나와 함께 웃어 줄
네가 필요해

난 네가 필요해
나의 눈물을 닦아 줄
나와 함께 울어 줄
네가 필요해

난 네가 필요해
나의 마음을 알아 줄
나와 함께 느껴 줄
네가 필요해

나의 모든 걸 너에게

너의 모든 걸 나에게

난 너를 사랑해

감동

– 가슴 찡한 내용의 편지를 받은 날 밤

넌 날 감동시키는 걸

너무 잘 하는 것 같아

이 년 전에 어엿한 성년식을 마치고

어른이 되었는데도

내가 아직 어린 탓일까?

난 너의 말 한 마디에

모든 걸 잊어버렸어

그저 행복하다는 느낌만

오늘 밤 당장 널 만나

말해 주고 싶어

너무 멀리 떨어져 있어

만날 수는 없지만

오늘 밤 널 느끼며

말하고 싶어

널 사랑해

너만이 간직한
모든 것을 사랑하고 있어
이 정도 말에 너도
감동받을 수 있을지 모르지만 말야

고마워
그냥 네가…….

후회할 것 같아요, 그대 사랑하기에

－내 모습이 한없이 부족하게 느껴지는 날 밤

자유롭게 날아다니는
새가 되어 보고 싶은 꿈이 있어도
막상 새가 되어 버리면
후회할 것 같아요
그대가 날 몰라볼 테니

홍길동이나 슈퍼맨처럼
초능력자가 되어 보고 싶기도 했는데
막상 그렇게 된다 해도
후회할 것 같아요
그대는 내가 아닌 초능력을 좋아할 테니

한 송이 장미 되어
그대에게 아름다운 향기 주고 싶지만
막상 장미가 된다 해도
후회할 것 같아요

언젠가는 시들어 버릴 것을 알기에

그대에게 줄 수 있는 모든 것
모든 방법을 동원해
내 모든 사랑을 전하고 싶지만
결국엔 내가 나를 알기에
부끄러운 내 사랑 고백하는 것뿐
그대 사랑하기에…….

헤어짐이 아닙니다

-군 복무 기간이 너무 길게 느껴지는 날 밤

한번은
경험해야 할 이 년의 시간은
결코 그대와의
헤어짐의 시간이 아닙니다.

그대와의 사랑을 시기하여
하늘이 정해 놓은
운명의 시간이라 생각하며
쉽게 받아들일 수는 없습니다.
정해 놓은
운명이라 할지라도
이대로 굴복하기엔
그대에게 주어 버린
내 마음의 부피가
이제 되돌릴 수 없을 정도로
커져 버렸습니다.

헤어짐이 아닙니다.
이 년 동안의 헤어짐은
그대와의 성숙된 만남을 위한
잠시의 준비 기간입니다.

날 말리려 하지 마

― 흥분해 있는 날 밤

내가 사랑을 할 수 있게 될 때엔
하루도 쉬지 않고
한 사람만을 사랑하겠어
언제 또 그가 떠나가 버릴지 모르니

세월 흘러 아쉬움만 가득 남기 전에
한 사람만을 위해
내 모든 시간을 투자하겠어

날 말리려 하지 마
내게 충고하려고도 하지 마
이미 끝나 버린 사랑이
아쉬움으로 가득 차 버려
지금 하루도 제대로 생활하기 힘들어

내가 사랑을 다시 할 수 있게 될 때엔

하루도 쉬지 않고

오로지 단 한 사람만을 위해서 살겠어

오로지 단 한 사람만을 위해…….

널 위해 날 만들기

-훈련에 바빴던 날 밤

바쁜 일과 속에서
문득 문득 널 떠올리며
미소를 짓곤 해
또다시
바빠지는 훈련 속에서
널 잠시 잊게 되지만

걱정하지 마
그 잠시조차의 시간도
어쩌면 내가
좋아하게 될 지도 모르는
한 아이인 널 위해
날 만들어 가고 있을 뿐이야.

네 앞에 좀더 당당하고
네 앞에 좀더 떳떳한

한 남자로서

만들어지고 있는 시간은

오늘부터 시작해도

자꾸 늦은 것 같은

후회가 들거든.

아마 다음에 만나면

조금은 바뀐 날 만나게 될 거야

기대해 봐.

우리 다시 만날 수 있다면

－장마철에 떠오르는 태양을 느낀 날 밤

하늘에 구멍이라도 난 듯

쏟아지는 폭우

한 시간도 채 지나지 않아

한여름의 더위 다시 찾아와

비웃는 듯한 태양의 빛 줄기와

숨막히는 열기만이

존재할 뿐이야

너무나도 당연한 듯

내리쬐는 태양 바라보며

우리 사랑도 저 태양과

같을 수만 있다면

부러움만 생기고 있어

비록

폭우와 같은

어려움 닥친다 해도
젖은 땅마저 자기의 빛으로
말려 주는 태양처럼
아픈 상처을 아물게 해줄
사랑의 빛으로
우리 다시 만날 수 있다면

너는 나의 태양이 되고
나는 너의 태양이 될 수만 있다면

우리 오래오래
서로를 감싸 주며
서로를 사랑하며
살아갈 수 있을 텐데
넌 나의 태양이
난 너의 태양이 될 수 있다면……

그래서 그러는 거야

– 아쉬운 헤어짐이 있던 날 밤

날아가는 새의 뒷모습 보며

괜한 짓 했구나

후회할까 봐

잡으려 하지 못하고 그저 바라만 봤어

어색한 시간 흐른 뒤

괜한 짓 했구나

후회할까 봐

사랑한다 고백 못하고 그저 웃기만 했어

이별해야 하는 순간 속에서

−이것이 이별이란 것을 느낀 날 밤

소란스런 악기 소리 노랫소리

등 뒤로 하고 계단 끝에 앉아

해 지는 모습을 바라본다.

어느 새 동그랗던 해 산꼭대기에

조각으로 걸려 있고

아픈 상처처럼

붉은 노을 온 하늘을 덮고 있다.

흥겨운 유행가 소리조차

나에겐 아무런 의미 없는 효과음일 뿐

오랜 시간 함께했던 너와의 만남

이제 이별해야 하는 순간 속에서

네가 없는 아픈 마음 달래려

슬픈 노래만 되뇌이고 있다.

사랑, 이별 그 후 그리움은

－많은 걸 생각하게 되는 날 밤

오랜 세월 속

사랑하는 사람과

서로의 사랑 고백하며

수없이 확인했지.

이제 우리

몸만 헤어진 줄 알았는데

그 많은 시간

우리의 마음마저

멀어지게 해 생각도 못한

이별을 하게 된 사연

그 후

가슴 깊이 묻혀 버린

마음 속

여전히

너에 대한 그리움

이제 서서히

원망보다는

너의 행복을 빌어야 하는

어쩔 수 없는 운명

이런 현실 믿기지는 않지만

그래 군대니깐…….

참고 사랑하기

- 많이 참아야만 하는 날 밤

내 마음 몰라주는
네 차가운 얼굴 보면서도
난 계속해서 웃는 얼굴로
널 만나며 행복해야 하는
참고 사랑하기

수많은 밤을 지새우며
너를 위해 쓴 편지인데
오랜 나날 답장 한 통 없는
너에게 또다시 편지 쓰고 있는
참고 사랑하기

너의 목소리 듣고 싶어
수없이 망설이다 수화기 들었는데
왜 걸었니 물어 오는
너에게 미안해 말만 하고 내려놓는

참고 사랑하기

난 오랜 세월 살지도 않았는데
난 많은 사람 알지도 못했는데
난 사랑이 무언지도 몰랐는데
이제야 조금씩 알 수 있는 것은
사랑이란
그저 참으며 사랑해야 한다는 것

어이없는 이별

― 서글펐지만 후회하지 않던 날 밤

널 만나기 위해

예전에 네가 있던 곳으로

무작정 찾아갔어

연락도 안 한 날 보곤

무척이나 놀랄 네 모습을 상상하며

하지만 넌 어디론가 떠나 버리고

네가 있어야 할 곳에

다른 사람이 자리하고 있더군

너무도 쉽게 만난 만남

너무 빨리 주어 버린 내 마음

너무도 어이없는 이별

사랑이란 것을 생각조차 하기 전에

예정되어 있던 만남들

그날 이후

난 좀더 세상 사는 법을

배웠다.

이런 우연은 만들지 마

－이별 후, 그 애를 우연히 만난 날 밤

파란 신호등이 들어오기를

기다리고 있을 때

막 도착한 버스 안에서

네가 내리고 있었어.

기다리던 파란 불이 켜졌을 때

난 괜히 딴청을 피우며

우연 아닌 우연을 만들며

설레이는 마음 가지고

널 바라보았지.

드디어

날 발견하곤

어색한 웃음과 함께

'안녕하세요'라는 말만을

남긴 채 지나쳐 버리는

네 뒷모습에

무언가 말을 하고 싶었지만 오히려

이젠 네가 뒤를 돌아서

초라해진 내 모습을 볼까 봐

급히 갈 길을 가야 했어.

차라리

이런 우연을 만들지 말 것을

그냥 지나쳐 버릴 것을

아쉬움만 남긴 채…….

이별 약속

－마지막 나눈 약속이 자꾸 원망스러워 지는 날 밤

먼 낯선 땅에 있지만

네가 보고 싶다고만 한다면

아무리 오랜 시간 걸려도

널 만나러 가련만

두 시간만 차를 타고 가면

네가 있는 그 곳에

애만 태우며

찾아갈 수 없는 이유는

여태껏 한 번도 어겨 본 적이 없는

약속 때문.

아직도 내 마음속에

– 갑자기 네가 떠오르는 날

갑자기 비가 왔다가
금세 또 햇볕이 따갑다
변덕스럽기만 한 오늘 날씨는
괜시리 내 마음까지
변덕스럽게 만들고 있다.

이미 잊었는 줄 알았는데
흔들리는 나뭇가지
멍하니 바라다보며
그 동안 시간에 묻혀
너와의 시간을 떠올리고 있다.

안녕
− 예고 없던 편지를 받은 날 밤

미안해
실은 나도 무엇이 미안한지
잘 모르지만 네 편지를 받고는
그저 미안해
한 마디 말밖에 못 하겠어

난 너에게
많은 걸 바란 것이 아니었는데
난 그냥 네가 내 옆에서
이따금씩 날 지켜보아 줬으면 했는데

그것마저 너에게
부담이 됐다면 내 욕심이었겠지
바라지 않는 너에게
이렇게 답장을 쓰고 있는
날 이해해 줘

그냥 '안녕' 이라는 말과

'이 다음에' 라는 말을

하고 싶을 뿐야

이 시간이 흐르고 이 다음에는

서로 웃는 날도 있겠지

안녕…….

나를 힘들게 하는 것

- 바쁜 훈련 속에 지친 어느 날 밤

머리를 감다 머리가 어지러워 눈을 들어 보니
비눗물 위에 핏방울이
떨어지고 있었어

이런! 코피를 흘리다니
하루하루의 생활이
힘들어서일까?
갑자기 서러움이
복받쳐 올라와
멍하니 거울만
보고 서 있었어

이런 몸의 피곤함보다도
오늘도 오지 않을 네 소식이
날 더 힘들게 해
너와 다시 사랑할 수 있다면…….

내일부터는

더 많은 코피를 흘린다 해도

더 바쁘게 살아야겠어

잠시라도 여유가 생기면

잊혀져 가는 네가 떠올라

밤새도록 아파해야 하니까

이럴 땐 어쩌지?

— 이젠 널 잊으려 애쓰는 날 밤

무작정 슬퍼지면?
울어 버리면 되지 뭐

한없이 기쁜 날에는?
그냥 웃어 버리지 뭐

그런데 오늘 또 네가
무작정 그리워지면
그러면
어쩌지?

그대 이름 공사중

-내 무의식의 습관을 느낀 날 밤

그대 이름 석 자

일기장 위에 무심코 적었다가

그 이름 누가 볼까 봐

이름 위에

까만 볼펜으로 공사중 표시

오늘같이 외로운 밤

다시 무심코 써 보지만

여전히

그대 이름 석 자는

공사중

그날 이후

– 머릿속 혼돈스러운 날 밤

무엇이 이리도 시끄러운지
모르겠습니다.
모두가 나에게 무슨 말을
해주고는 있는 것 같은데
지금 난 아무 소리도
들리지 않습니다.

이런 방해 전파에
시달려 내 주파수를
잃어버렸습니다.
내가 소망하는 그대는
어느 곳에 있는지 잡히지 않습니다.

그날
그날 이후인 것 같습니다.
지금의 나에겐

그날 이전의 주파수가
사라져 버렸습니다.

이제 새로운 주파수를 찾기까지
난 다시 세상 온갖 잡음에
시달려야 할 것 같습니다.

대답하기 싫은 정답

-사람들의 계속되는 물음에 지친 날 밤

사람들이 자꾸 나에게
무슨 일 있느냐고 물어 옵니다.
괜찮다고 괜찮다고 아무리
말을 해도 믿으려 하질 않습니다.

난 아무 일도 아닌 것처럼
생각하려 했는데
사람들이 자꾸만 무슨 일
있느냐고 물어 보는 것 보니
내게 무슨 일이 있나 봅니다.

난 아무 일도 없는 것처럼
생활하려 했는데
이별이란 것도 내 인생의
중요한 부분이었나 봅니다.

그날 이후 내게 물어 오던

사람들의 물음엔

대답할 수 없는 정답이 있습니다.

아니

대답하기 싫은 정답이 있습니다.

장마가 끝나는 날
– 여름 장마가 시작되는 날 밤

장마가 시작되려나 봐
밤새 많은 비가 내려서
여러 곳의 배수로가 막히었어
파내고 파내도 계속 내리는
빗줄기의 힘을 당할 수가 없었어
방법은 오직 하나
비가 그치고 장마가 끝난 후에
파내는 수밖에 없을 것 같아

아픔이 시작되려나 봐
밤새 헤어짐의 아픔을 참지 못해
길고도 긴 편지를 써야만 했어
참아도 참아도 나오려는 눈물
결국엔 편지지 위에 떨구고 말았어
얼룩진
안녕이라는 글을 적고는

우리 만남을 마쳐야만 했지

우리의 만남은
이제 묵은 추억
비가 내리고 있어
외로워지는 거 같아
이 비가 그치고 장마가 끝나는 날
떠오른 해를 보고
나도 웃어 봐야겠어

난 이야기하고 넌 웃어 주고

– 예전의 만남이 그리워지는 날 밤

예전에 우리 무척 오랜 시간 동안

이야기하며 걷던 시간 있었지

난 많은 이야기를 했고

넌 웃음으로 답해 줬고

늘 함께 있었고

늘 같이 다녔고

늘 함께 있을 거라는 생각에

난 너에게 아무런 감정도 가지질 못했어

어느 날

너와 함께 걸어야 할 그 길에

네가 없는 걸 느낀 날

난 무척 많은 밤을 방황해야 했어

잃어버린 너의 존재를 찾기 위해

많은 노력을 기울였지만

한 번 두 번 혼자 있음을 느끼게 된 것이

결국엔 서로 다른 길을 걷게 만들었어

예전에 그 많았던 시간들이
예전에 그 소중했던 시간들이
예전에 왜 소중함을 몰랐을까
후회와 아쉬움이 날 괴롭게 해

널 만나고 싶어
단 한 시간 아니 몇 분이라도
너와 거닐며 이야기 하고 싶어
난 이야기 하고
넌 웃어 주고

그리움이 있기에

– 세상 그리움에 사무치는 날 밤

마냥 집이 그립다
한 번밖에 보지 못한
조카 다운이가 그립고
부모님이 그립다

축제 준비를 한다던
학교 친구들과 후배들이
자꾸만 떠오르고

곧 있으면 대입 시험을 볼
고3 동생들이 그립다

마음놓고 전화할 수 있는
자유가 그립고 무엇이든 사 먹을 수 있는
여유가 그립다

늦게 자도 되는 밤과
늦게 일어나도 되는 아침이 그립다

어떻게 모든 그리움을
말로 다 형용하랴

그리움이 있기에
오늘 밤도 버틸 수 있을 뿐이다

기다림이란

-휴가를 기다리고 있는 어느 날 밤

기다림이란
한 시간 두 시간이 흐른다 해도
지나가는 버스 속을 행여 놓칠까 봐
한시도 눈을 뗄 수 없는 고통

기다림이란
아픈 곳이 아무데도 없는데
가슴 속 머릿속 온몸이
저려 오는 듯한 안타까운 아픔

기다림이란
오래도록 설레이는 마음으로
기다렸던 그 오랜 시간들 속에서
가장 짧은 그러나 가장 긴 초조함

기다림이란

초조함이며 아픔이며

고통이기도 하지만

기다릴 수 있는 대상이 있다는 것만으로도

행복한 사람이란 증거

이런 마음이

－깊은 만남을 이해하기 어려운 날 밤

어젯밤에 수없이 연습장 위에 쓰며
외웠던 영어 단어가 생각나지 않을 때의
답답한 마음처럼

밤새도록 잠 못 이루며 그녀를 만날 기대감에
부풀었던 아침 급한 일이 생겨 미안하다는
그녀의 전화를 받을 때의
공허한 마음처럼

모처럼 소중한 친구에게 길고도 긴
편지를 보내고 난 후 답장을 기다리는 나에게
편지가 반송되어 왔을 때의 허탈한 마음처럼

너와의 하루하루의 만남은
나에겐 기쁨이기도 하지만
가끔은 이런 마음에 괴롭기도 해

엄마 죄송해요

-내가 불효자임을 새삼 느낀 날 밤

언제나 그래
꼭 이런 날은 엄마가 보고 싶어져
미친 척하고
눈물 흘려 보지만
집이 그리워

스물 셋이 되었어도
변하지 못한 것은
언제나 그랬듯이
힘들거나 지쳤을 때면
엄마가 보고 싶다는 것

엄마! 죄송해요

널 기다리며

–한 아이를 그리워하며 내 모습을 느끼는 날 밤

힘겨운
날개짓에 허덕이는
한 마리의 아기 새처럼
세상을 알기도 전에
너무 커져 버려
힘겨운 몸짓에 허우적거리는
불안한 내 모습을 느끼며
이제 너를 만나고 싶다

더욱 더 내 모습
초라해지기 전에
이제 너를 만나고 싶다

네 바람을 위해서
힘을 내고
네 꿈을 위해서

새벽을 깨우며

우리의 삶을
만들 수 있도록 노력하마
언제나 널 기다리며
오늘 하루도 나 이 곳에서
살아가리라

첫 휴가 때

-첫 휴가 때의 기억이 자꾸 떠올라 날 괴롭히는 날 밤

내 생애 있어
가장 힘들고
가장 길게만 느껴졌던
이등병 6개월의 시간 보낸 후
널 만나러 갔던 첫 휴가

한 없이 들떠 있던 내 마음
그러나 되돌아오는 발걸음
한 없이 무겁기만 했지

너무 바빠 편지도 못했다며
어색한 웃음짓는
네 모습에
너와의 만남이 후회됐어

차라리 만나지 말 걸 그랬어

그저 가끔씩 그리워하는 것으로

만족했다면

넌 여전히 나에게

소중한 존재일 텐데

우리 이제

어색한 만남을 피하기로 해

한 시간도 안 되는 이런 만남보다는

차라리 6개월 간

기나긴 시간 속

혼자만의 그리움이

더 행복했던 것 같아

잠

—불침번을 서던 중 잠자는 전우를 보던 날 밤

곤히 자고 있는
한 전우의 얼굴에
주름이 진다
짧게 배어 나오는
신음 소리
아마도
몹시 나쁜 꿈을
꾸고 있나 보다

또
한 전우의 얼굴엔 평온이
깃들어 있다
아마도
몹시 행복한 꿈을
꾸고 있나 보다

사람은

자면서도 살아가나 보다

내가 살아 있는 것인가?

– 너무 변함없는 일과에 지친 날 밤

여섯 시

기상 나팔 소리

어김없이 떠지는 눈

무의식적으로

모포를 정리하고

어제 신었던 똑같은

신발을 신고

어젯밤과 변함없는

화장실에 가 용변을 본 후

어제 아침 그 자리에 서서

텁텁한 목소리로

어제 부른 군가와 애국가를 부르고

어제 드린 고향 예배

어제도 한 아침 구보를 마치고

어제도 먹은 밥을 먹으러 간다

아무 생각 없이

그저 하루가 시작되어

이제 두 번만 더 밥을 먹어 주면

오늘도 끝이 나고 잠만 자 주면

내 스물 셋의 인생 중 하루가 사라진다

도대체 내가 살아 있는 것인가?

곰 인형
－갑자기 밖의 세상이 두려워지는 밤

자그마한 곰 인형
한 달 전의 그 자리에 앉아
시선 한 번 돌리지 않은 채
그저 앞만 바라보며 서 있다

다른 곳으로 옮겨 볼까?
하지만 자리가 바뀐들
모습이 바뀔 리 없겠지

내가 서 있는 이 곳
이 년의 시간이 흘렀어도
나는 여전히 나일 뿐

변함없는 이대로의 내 모습을
따듯하게 받아 줄 곳은 어디인가…….

도대체 난

-불침번 서던 날 밤

고요만이 흐르는
내무반의 한 구석에 앉아
잠자는 이등병들의 모습을 보면
안쓰럽다.

이제 곧 제대할 병장은
행복하게 보인다.

그러다 문득
내 자신을 생각해 보면
나는 안쓰러운 놈인가
행복한 놈인가.

이제
6개월 남았다.

내가 만약 아들을 낳는다면
– 군에서 필요한 것들이 생각난 날 밤

내가 만약 아들을 낳는다면
꼭 축구를 가르치겠어
이놈의 군대란 곳에 와서
고참 사랑받게 하기 위해서
공 좀 잘 차게 키우겠어

내가 만약 아들을 낳는다면
꼭 노래를 가르치겠어
이놈의 군대란 곳에 와서
한 번의 휴가라도 더 나오려면
무언가 특기가 있어야 하거든

내가 만약 아들을 낳는다면
성악을 시키겠어
이놈의 군대란 곳에 와서
목소리 작다고 욕 안 먹이기 위해서

목소리를 키워야겠어

내가 만약 아들을 낳는다면

잊을 일은 빨리 잊을 수 있도록 연습을 시키겠어

이놈의 군대란 곳에 와서

잊어야 할 일을 잊지 못하고 있으면

마음에 병이 생길지도 모르니까

내가 만약 아들을 낳는다면

친구 사귀는 법을 가르쳐야겠어

이놈의 군대란 곳에 와서

오랫동안 젊은 시간을 바치면서도

변변한 친구 하나 사귀기가 쉽지 않거든

내가 만약 아들을 낳는다면

태권도를 가르쳐야겠어

이놈의 군대란 곳에 와서

전혀 해보지 않은 태권도 하느라

다리 찢어지는 고통은 안 당하게

내가 만약 아들을 낳는다면

공사장엘 보내 봐야겠어

이놈의 군대란 곳에서는

삽질 하나 잘하는 것만으로도

사람들에게 인정받을 수가 있거든

내가 만약 아들을 낳는다면

인내하는 법을 가르치겠어

이놈의 군대란 곳에서는

참아야 할 일들이

일 년 삼백육십오 일 생길 테니

내가 만약 아들을 낳는다면
겁쟁이로 키우지 않겠어
이 땅의 모든 청년들이 가는 곳인데
혼자 겁이 나 못 가겠다고 하면
차라리 딸보다도 못 한 아들일 테니

반송 우편

-반송된 우편을 받은 날 밤

오랜만에 받아 보는
편지 한 통
기쁜 마음에 확인해 보니
주소 불명으로
되돌아온 반송 우편
쓴 웃음과 함께 밀려오는
허전함

문득 떠오르는 불안한 마음
혹시나 하나님이 나에게
예수 소망의 편지를 보냈을 때
변해 버린 내 마음의 주소로 인해
느껴야 할 평안을 못 느끼고
내 마음에 새겨져야 할 소망이
주님께
반송되어 가지는 않았을까?

다운인 잘할 거야 그렇지?

-조카 다운이가 백일이 되는 날 밤

배가 고플 때
칭얼거리기만 하면
언제나 젖을 먹을 수 있고

졸리울 때
칭얼거리기만 하면
바로 자장가를 들을 수 있고

쉬를 했을 때
칭얼거리기만 하면
금세 옷을 갈아입을 수 있는

내 조카 다운이
이제 세상에
나온 지 백일밖에 안 됐지만 벌써
먹고 자고 입어야 산다는

삶의 진리를 터득한 모습을 보면
난 그저 신기할 뿐이다

다만 다운이는 앞으로 자라서
어른이 된다 해도
먹고 자고 입을 것을 위해
꿈과 사랑을
포기하는 일이 없기를

하루에도
수백 번의 배신과 시기와 질투로
얼룩진 이 세상에
제발
다운이만은
물들지 않기를

백일 만에
세상 사는 법의 기초를
터득하였으니

어서 빨리
사랑하며 세상 사는
법을 배워야 한다 다운아

다운이는
잘할 거야 그렇지

공을 차고 있다는 현실

– 축구의 즐거움을 만끽한 날 밤

모처럼 마음껏 공을 차 본다
여전히 내 뜻과는 상관없는 방향으로 날아가
애를 먹지만 그래도
공을 차고 있다는 그 자체에
즐거움과 후련함이 있다

언제나
주님 뜻과는 상관없는 모습
스스로를 부끄럽게 하지만 그래도
공을 차는 그 자체에
즐거움이 있고 의미가 있듯이
예수를 믿고 따르려 한다는
그 자체가 위안이 된다

모처럼
주님께 떳떳한 일을 해도

여전히

부끄러운 모습이지만

내일은 좀더 나아지리라

마음이 설레인다

모기보다 약한 존재인 너

－새벽 근무 때 모기와 전쟁한 날 밤

무더운 한여름의

새벽 근무 시간

새삼스레 세상에서

제일 무서운 존재를

발견하게 되지

땀으로

끈적끈적해지는 피부에

자꾸만 달려드는

작고 까만 모기들

죽여도 죽여도

어디서 오는지

악착같이 달려들어

내 피를 빨아 먹고는

작은 피무덤을 만들고

날아가지

모기 잡느라 쌓이는 짜증
시간이 흐를수록
달려드는 모기가 무서워
연신 몸을 움직여야 하는
내 자신이 한심스럽다

이런,
모기보다 약한 존재
너 우현이여…….

오로지 나의 주인은
– 내 주인 되신 그분을 느끼는 날 밤

험한 세상 나그네와 같은
우리네 인생
사랑 명예 학문과 부
심지어 제 목숨조차도
뜻대로 할 수 없구나

모든 것에 내가 주인이
되어 보겠다고 바둥대다가
점차 알 수 없는 분위기에 빠져들며
난 아무것도 할 수 없는
존재라는 걸 인식하고 있다.

조금만 더 일찍 깨달았으면 하는
후회와 아쉬움 있지만
그나마 감사하고 싶구나

오직 한 분만이 나의 주인이며

나의 사랑 명예 학문과 부

또한 나의 목숨마저

그분의 소유임을 알았기에

이제 조용히 주인이 원하는

삶을 가꾸어 나가야겠다.

고3 아이의 편지

−예전에 가르쳤던 아이가 고 3이 되어 보낸 편지를 받은 날 밤

오늘은

두 통의 편지

오랜만에 받아 본 편지

누굴까

에벤에셀을 읽고

격려해 주기 위해 보낸

반갑고

고마운 편지 한 통

내 얼굴에 번지는 환한 미소를

흔적없이 지우는

또 다른 편지 한 통

변해 가는 세상

시간이 흐르면 흐를수록

세상과 타협할 수밖에 없는
여러 가지 사소한 이유들
그 안에서 헤매는 한 어린 영혼

이름을 밝히지 않았지만
어렴풋이 떠오르는 그 아이

고 3이라는
무거운 짐을 짊어지고
변해 가는 자신과 친구들을 느끼며
오늘도 번민에 휩싸여
살아가는 이 땅의 수험생들

사람의 마음은
기쁨보다는 아픔의 수용 능력이
훨씬 큰 것일까?

기쁜 사연보다는

마음 아픈 사연

기억에 남아 잠 못 들게 한다

운명 개척하기

─주어지는 짐들이 너무 무겁게 느껴지는 날 밤

사람의 일생이
이미 모든 것이 결정된
하나의 사실이라면
이제는 나의 운명을 알고 싶다

박수 무당 점쟁이가
내 운명을 알고 있다면
그들에게 묻고 싶다
왜 이리도
하루하루 살아갈수록
날 짓누르는 짐들은
늘어만 가는 것일까?

벗어나고파 수없이
몸부림쳐 보지만
끝없이 밀려오는 허무와 고독

사랑이란 것은

이미 내게서 떠난 지 오래

사랑이란 것은

내게 하나의 사치스런 방해물일 뿐

당장 오늘

감당해야 할 여러 사연

이 모든 사연 누군가와

함께 나눌 수만 있다면……

갈수록 모질어지는 마음

흐를수록 좁아져만 가는 세상 문

혼자이기에 너무나

감당하기 어려운 내 삶의 무게

아직은 이 세상

포기하기엔 너무도 어린 내 나이
무엇을 찾아 이루려고
이렇게 헤매이고 다니는지

아! 나의 운명이
이미 결정되어져 있다면
이제는 그 운명을 알고 싶다
희극이든 비극이든 그 어떠한 모습이든지

오늘도 내게 주어진 운명을 개척하기 위해
이를 악물고 살아가련다

이런 세상 없을까?

-말 많은 뉴스를 보며 화가 나는 날 밤

권력 있는 자들이
오나가나 큰소리 치며 사는 세상
그 밑에는
먹고 살기 위해 어쩔 수 없이
그들에게 고개 숙이며
살아가는 사람들의 또 다른 세상

돈을 가진 자들이
어딜가나 활개치며 사는 세상
그 밑에는
오늘 하루도 먹고 살기 위해
목숨 걸고 매달려
살아가는 사람들의 또 다른 세상

진실하지 못한 자들이
출세하며 사는 세상

그 밑에는

진실하지만

인간 대접 못 받으며

살아가는 사람들의 또 다른 세상

권력 없는 사람들도

돈이 없는 사람들도

진실하게 사는 사람들도

꿈을 꾸며

인간답게 살 수 있는 세상

아! 어디 그런 세상 없을까?

어머니

― 어머니가 편찮으시다는 소식을 들은 날 밤

모처럼 집에 한 전화

왠지 무거운 형수의 목소리

어머니가 어디 편찮으신가 봐요

내 이름을 부르며

전화를 받으시는 어머니의 목소리는

보이지 않아도 아픈 것을 느낄 수 있었지만

건강은 어떠세요 내 물음에

어김없이 괜찮다 하시며

내 몸은 어떠냐고 걱정하시는 어머니

처음 신교대에 입대해서

집에서 입고 온 옷가지를 소포로 보냈을 때

다른 이 막내 걱정에

서럽게 우셨다는 걸 알고 있는데

내 앞에서는 군대는 남들 모두 가는 거라며

오히려 날 채찍질하시는 어머니

언제나 못난 자식 위해 걱정하시느라
밤이면 잠 못 들고 계시는 걸 알고 있는데
모처럼 휴가라도 나가서
밤늦게까지 돌아다니면
이놈 또 속 썩인다며 빨리
부대로 돌아가라고 화를 내시는 어머니
그러나 막상 복귀 날 대문 밖을 나설 때면
이제 가면 또 얼마나 고생을 하겠느냐며
눈시울을 붉히시는 어머니

군대 와
가장 소중한 경험이 무엇일까
생각해 보면
내게 있어 어머니가 가장
소중한 존재라는 사실을 깨달은 것

어제도 오늘도 그리고

내가 이 세상 떠나는 날까지

내게 가장 아름다운 여인으로

남을 어머니

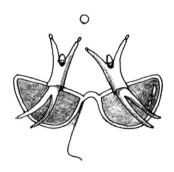

이름 모를 천사 그대 당신이여

– 내가 살아가는 이 땅이 아름다운 날 밤

이름 모를 천사 그대 당신이여

힘도 돈도 명예도 없는

그저 평범한 삶을 살아가지만

그대의 작은 손길로도 기뻐할 수 있는

사람이 있다는 것을 아십니까?

이름 모를 천사 그대 당신이여

칭찬도 격려도 칭송을 받으며

살아가는 것은 아니지만

그대의 작은 정성에 아픈 심령들이

위로받는다는 것을 아십니까?

이름 모를 천사 그대 당신이여

영화 속의 주인공 같은 사랑을

못 해보았다 할지라도

그대의 작은 사랑에 감격의 눈물을

홀리는 사람이 있다는 것을 아십니까?

이름 모를 천사 그대 당신이여
그대도 세상의 모든 풍파에
시달리며 힘들게 살아가지만
그대의 짧은 격려의 말에 새로운 힘을
얻어 살아가는 이들이 있다는 것을 아십니까?

이름 모를 천사 그대 당신이여
이 땅의 소외 된 많은 사람들이 함께
살아가고 있다는 걸 기억하시고
부와 명예를 누리지는 못해도
그대가 천사가 될 수 있다는 걸
잊지 마시길 바랍니다.

이름 모를 천사 그대 당신이여

영원히 하나님의 사랑이

그대와 함께 하길

작지만 내 기도 드립니다.

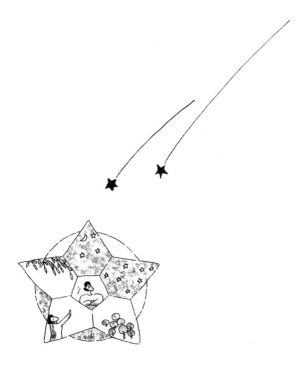

힘을 내야겠습니다

– 날 원망하는 사람의 편지를 받은 날 밤

너무 많은 이들의 사람이

되고 싶었습니다

한없는 욕심으로 날 치켜세우며

온갖 수단과 방법을 다 동원해

많은 이들의 당신이 되길

바랐습니다.

하지만 욕심은 현실이

될 수 없기에

어느 새 내 자신의 못남에 대해

자책감에 빠져 헤어나질 못합니다.

이제 내 몸 하나 먼저 추스려야겠습니다.

무엇부터 시작해야 할지

어느 것부터 손을 대야 할지

지금 난 내 인생의 한순간에서

심각한 고민에 빠져 있습니다.
돌이킬 수 없는 스물 셋의 소중한
하루하루이기에 말입니다.

하지만 힘을 내야겠습니다.
방황하며 헤매이는 시간이
점점 늘어가고 있습니다.
무언가 하나님의 뜻이 있을 것이기에
다시 한 번 힘을 내야겠습니다.

닮고 싶은 사랑

−내 신앙의 부끄러움을 느낀 날 밤

언제나 부끄러운 사랑
사랑해요 사랑해요 수없이 되뇌이고는
금방 돌아서서 세상 속에 묻혀
사랑하는 이를 잊어버리고 마는
내 사랑은 부끄러운 사랑

언제나 숨기고픈 사랑
남들 앞에서는 사랑하는 이라 하고선
잠시만 떨어져 있으면 또 다른 유혹에 빠져서
사랑하는 이를 잊어버리고 마는
내 사랑은 숨기고픈 사랑

언제나 변함없는 사랑
배신당하기만 하면서도
다시 찾아오면
다독여 주고 따뜻하게 위로해 주는

주님 사랑은 변함없는 사랑

언제나 닮고 싶은 사랑
내 모든 것을 다 잃어버린다 해도
조건없이 나를 사랑해 주는
주님 사랑은 언제나 닮고 싶은 사랑

스물 셋의 첫날에 나는
-스물 셋의 생일날 밤

스물 셋의 첫날에 난 사랑을 배우련다
나에게 사랑받기에 행복할 이들을 생각하며
받는 사랑이 아닌 주는 사랑을 배우련다

스물 셋의 첫날에 난 외로움을 이기련다
홀로이기에 버림받은 비참한 기분 속에서도
나보다 더 외로우셨던
주님을 생각하며 외로움을 이기련다

스물 셋의 첫날 난 현실을 알아 가련다
꿈만 가지고는 환상만 가지고는
이 험한 세상 살아갈 수 없다는
허망된 환상을 버리고
오늘 이 현실을 알아 가련다

스물 셋의 첫날에 난 다시 시작하련다

그 동안의 많은 만남들

소중하다고 생각한 모든 일과 사람들

오로지 주님께 드리고 나서

주님과 다시 시작하련다

신조

– 값진 결심을 한 날 밤

포기하지 않으렵니다

나에게 어떠한 유혹의 손길이 있다 해도

나의 꿈을 결코 포기하지 않으렵니다

좌절하지 않으렵니다

나에게 어떠한 시련이 닥친다 해도

지금 내 현실에 결코 좌절하지 않으렵니다

굴복하지 않으렵니다

나에게 어떠한 환경이 주어진다 해도

나는 내 삶을 개척해 나가렵니다

인내하며 살아가렵니다

나에게 불공평한 현실이 주어져도

단련으로 생각하며 인내하며 살아가렵니다

감사하며 살아가렵니다
나에게 마음 아픈 일들이 생긴다 해도
내일을 기약하며 감사하며 살아가렵니다

사랑하며 살아가렵니다
세상 모든 것들이 날 버린다 해도
날 사랑하는 한 분만 바라보며
나 오늘도 이 세상
사랑하며 살아가렵니다

사랑은?

사랑은
기다리고
기다리고
기다리고

·

·

·

벅찬 기쁨에
한 번쯤 웃고

그러다가
또
기다리고
기다리고
어떤 이는

영원히 이별하고

어떤 이는

영원히 함께 하고

그래서

결국

오늘도

기다림은 계속된다

우리 서로

우리 서로
왜? 라는
말은 하지 맙시다
아무런 이유없이
사랑하기 때문에

우리 서로
얼마나? 라는
질문은 하지 맙시다
헤아릴 수 없을 만큼
사랑하기 때문에

우리 서로
누가 더? 라는
생각은 하지 맙시다
똑같은 사랑으로

사랑하기 때문에

우리 서로
둘만을 생각합시다
아무런 조건도
이유도 없이
우리 서로 사랑을
확인하며 살아 갑시다

마음의 준비

사랑을 하려면
마음의 준비를
단단히 하세요.
사랑은
그리 쉬운 것이 아니에요.

사랑이란 걸
해보았던 사람은
더욱 더
마음의 정리를
해야 해요.

사랑은
그리 쉽게 잊혀지지 않는 거예요.

사랑을

다시 한 번 하려면

지나간 기억은 잊고

새로운 마음의

준비를 단단히 하세요.

그리움의 시작

그대를 만나
그대를 사랑하고
그대에게 사랑받았던 시간

그대를 사랑하고 있다는
뿌듯한 마음은
어려운 시절
내게 커다란 희망이었고

그대를 사랑한 날은
스물 넷 내 나이의
모든 그리움의 시작이었네

쌓이는 그리움은
늪이 되어
날 묻어 버렸지만

어느새

멀리 날아가 버린

그대라는 의미는

돌이킬 수 없는

아픈 그리움의 현실

그대를 그리워할 수

있다는 사실만으로

행복해야 하는 난

그리움의 끝을 찾아가고 있네

그대 사랑하기에

그대 사랑하다 보니
작은 일에도
초조해 하는
어린아이가 되어가요

그대 사랑하다 보니
언제나
한 가지만 생각하는
단순한 사람이 되어가요

그대 사랑하다 보니
사랑해 라는 말만
되풀이 하는
앵무새가 되어가요

그대 사랑하다 보니

하루하루가

어떻게 흐르는지도 모르게

바쁘게 지나가네요

그대 사랑하기에

마음과 마음으로

그녀와 단둘이 앉아
마시는 두 잔의 커피값이면
책 한 권을 사겠지

그녀와 단둘이 앉아
감명깊게 보는 영화 비면
아버지 고기 한 근 사드리겠지

그녀와 단 둘이 어디 멀리
여행이라도 갈 비용이면
한 달치 월세 값을 낼 수 있겠지

이렇게 이렇게
그녀를 사랑한다 하는 것은
내 이기심이 낳은 죄악
내게 있어 사랑이란

사치스런 행위인가?

마음과 마음으로
서로를 사랑하는
이 땅위에 단 한 명 뿐인
나만의 사람을 만나기를
소원해본다

아담과 하와

하나님은
아담을 만드시고
왜 하와를 만드셨을까?

최초의 인류인
아담과 하와가
사랑을 시작한 그날부터
세상의 역사는 시작되고

똑같이
똑같이 이 땅에 내려오다
결국엔 너와 내가 만나게 된
이 기막힌 역사속의 하루

아담에게 있어
단 한 명뿐인

하와의 소중함처럼

이 세상 수많은 여인중
그대는 내게 있어
오직 한 명뿐인
나만의 하와이면 좋겠습니다

난 그대만의
아담이 될 자신이 있답니다

그런데… 있잖아…

오래된 통기타 하나 들고
너와 나 단 둘이
아름다운 바닷가에서
노래도 부르다
밀려드는 파도에 놀라
도망도 가고 다시 쫓아가고

수평선 끝에
해무리가 붉게 질 때면
내 어깨에 기대
곤히 잠들려 하는 너에게
나만의 사랑의 노래를
너의 꿈 속까지 들려주고 싶은데

그런데… 있잖아…
나 사실 기타도 잘 못치고

노래도 잘 못하거든

가만히 네 어깨 감싸고

불어오는 바람

막아 줄 수는 있는데…

그래도 나의 사랑

믿을 수 있지?

노래말고는 다 해줄게

증말루

지금껏 나의 삶은

지금껏 나의 삶은
조금의 아쉬움은 있겠지만
내일 당장 죽는다 해도
후회는 하지 않아
열심히 살았고
뭐든 최선을 다했다 믿기에
오늘도 어제와 같은
하루를 보내고 있어

이제는 나의 삶이
내일 당장 끝난다면
난 두고두고 아니 죽어서라도
후회할 것만 같은
사연이 생겼어

이제야 너를 만났으니

오늘부터 나의 삶의

첫째가 되는 하나님을 제외하고

너와 함께 하기 위해

나 꿈을 꿔

널 사랑하나봐

나의 생의 보석

내게는 참으로
소중한 보석들이 많습니다.

책을 좋아해
책을 읽고 있고
일을 좋아해
일을 즐겨 하기도 하고
시를 사랑해
오늘도 시를 씁니다

언제부터인가 내 생의
모든 소중한 보석들이
더욱더 값지게 느껴지는 것은
그대를 만나고 난 바로 그날부터…

그대 있어

책을 읽고

일을 하고

그리고 시를 쓰고

사랑을 합니다

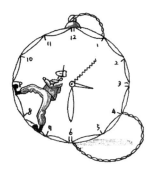

그대 있음에

이 밤
나의 詩는
그대를 향한 그리움의 노래
또한 소망입니다.

이 밤
나의 편지는
받아줄 그대 있음에
온통 기쁨입니다.

그대 있음에

눈빛

바쁘고 싶지는 않지만
해야 할 일이
자꾸만 생기고
조금만 더 바빠지면
내가 조금 더 바빠지면
너를 만날 시간이 생기겠지

네게
내 눈빛을 보여줄
그런 틈이 생기겠지

내 마음
눈빛만으로
네가 알아줄까?

그대만을 위한 시

그대 만난 기쁨에
아름다운 세상을
詩로 써 봅니다
그대 향한 사랑을
써내려 갑니다

그대 떠난 아픔에
온 하늘이 검게만 보이는 세상을
詩로 써 봅니다
겪어보지 못한 아픔의
생소한 단어들을 떠올리며
그대 떠난 아픔을
써내려 갑니다

세월이 흐른 후
세상이 온통

허전하게 느껴질 때

詩를 써 봅니다

아쉬움의 추억들을 떠올리며

써내려 갑니다

나는 오늘도

詩를 씁니다

여전히 그대만을 위한 詩를

사랑할 때 흔들릴 때

마음이 뿌듯할 때

칭찬들을 만한

일을 했을 때

처음 보는 사람과도

반갑게 악수할 때

오늘 하루가 감사하고

내일 하루가 기대될 때

사랑할 때

이때는 내가 사랑할 때

마음이 울적할 때

왠지 불안하고

안정이 안 될 때

고개를 못들고

친한 친구의 얼굴조차도

마주 대하기 어려울 때

오늘 하루가 원망스럽고

내일 하루가 두려울 때

흔들릴 때

이때는 내가 흔들릴 때

나 너를 위해

나 너를 위해
시를 써
너만을 위한
시를 써

첫 만남에서
오늘까지
그리고
아주 아주 먼 미래까지
널 그리며
시를 써

나 너를 위해

봄비

봄비가 내리고 있어
무척이나 길었던
겨울 가뭄을 혼내려는지
세차게 내리는 빗줄기는
봄비이기에 반갑고
단비이기에 고맙고

네가 있는 그곳에도
봄비가 내리고 있겠지
네가 있는 그곳에도
사람들이 사랑을 하겠지?

겨울이 끝나 봄이 오듯
나의 외로움도 끝나
이제는 사랑을 하고 싶어
봄비처럼 촉촉한 사랑을…

너만 있으면 돼

나 이제
담배도 안 피우고
술도 안 마시고
커피도 끊을 거야

늦잠을 자지도 않고
일도 열심히 하고
책도 많이 보고
틈틈이 운동도 할 거야

이제는 정말로
너만 있으면 돼
너만 내 곁에 있어 주면
나 새로이
인생을 살아가는데
모든 준비가 끝나
너만 있으면 돼

네 사진

이럴 때
네 사진이라도 있다면
보고 싶은 마음
막연한 그리움으로 끝나지는 않을 텐데
아직 내게는
네 사진이 없으니
이러다 네 얼굴
잊어버리면 어쩌지?

다음에 만날 때는
함께 사진을 찍든지
네 앨범에서
사진이라도 훔쳐와야지

보고 싶어
네 모습이
너의 해맑은 웃음이

기다려 줘

이래서는 안 되는데
내가 자꾸 약해지면
난 또다시
너를 놓칠지도 모르는데
나 다시는
이별이란 단어를 놓고
울먹 울먹 글을 쓰기는 싫어

이래서는 안 되지
너를 만나러 가야 하는데
내가 있는 이곳은
너무 멀구나
곧 갈게
곧 갈게
기다려 줄 수 있지?
제발 부탁이야

생일 축하해

스물 한 번째 너의 생일날
어떻게 축하해야 할지
어떻게 나의 마음을 보여줘야 할지

아직은
우리가 살아온 날들보다
살아가야 할 날들이
더 많은 미래가
때로 우리의 마음을
짓누르겠지만

함께 할 사람이 있다면
함께 아파해 주며
함께 울어줄 사람이 있다면
아픔이 희망이 되어
미소를 지을 수도 있고

새로이 내일을

기대할 수도 있겠지

오늘 나

너에게 그런 사람이길

소원하는 마음으로

네가 이 땅위에 태어난

사실을 진심으로 기뻐하며

선물을 준비해

꼭

물질적인 것보다는

내 마음

차곡차곡 담아

작지만 한편의 시로

한권의 시집으로

너에게 보내려고 해

생일 축하해

또 전화 할게

전화를 할까? 말까?
여러 날 고민하다
용기를 내어
수화기를 들었는데
인사를 하기도 전에
나보다 더 반가운 목소리로
내 소식을 물어주던
네가 왜 그리 고맙던지

내 전화를
기다리고 있었다면
바보같이 진작 말해 주지
너를 만난 날부터
한시도 널 잊지 않았는데
너의 전화를
얼마나 기다렸는데

우습지?

이제야 너를 만남이

사실임을 알겠어

꿈인줄 알았는데

오늘은 이만

다음에 또 전화 할게

네가 있잖아

그래 맞아
내가 왜 널 잊었지?
내 곁엔 네가 있는데
비록 몸은
서로가 멀리 있어도
언제나 내 곁엔
네가 있는데

편지를 써야겠다
너무 오랜 시간
널 잊고 있었어
다시 한 번 널 통해
나의 모습을 찾자

그래 맞아
내 곁엔 네가 있잖아

오늘은 정말로

편안한 밤을 맞아보자

널 기억했으니

날 찾을 수 있겠지

눈을 감아 봐요

눈을 감아 봐요

살짝 감은

그대 두 눈 위에

살며시 입맞춤 하고 싶지만

언제 눈을 뜰지 모르니

그대 두 손 잡고

소리없이 말을 해요

사랑해요

영원히 그대만을…

그대에게 들리게

그대에게 보이게

사랑한다 말하고 싶지만

난 아직

그대를 붙잡고 있기에는

부족한 것이 너무 많아요

언젠가는

그대의 두 눈을 바라보며

사랑한다 말할 거예요

그대의 마음에

긴 입맞춤을 할 거예요

첫눈이 온다면

첫눈이 온다면
누구에게 먼저
전화를 할까?

첫눈이 온다면
누구에게 먼저
편지를 쓸까?

첫눈이 온다면
누구에게 먼저
웃음을 보낼까?

첫눈이 오는 밤
그대가 있어
나는 마냥 행복을 느끼고

내게 떠오르는

모든 걱정

그대 있음에 모두 해결될 수 있기에

오늘도

이제 곧 내릴

첫눈을 기다립니다

똥고집

아무리 기다려도
오지 않는 너의 편지는
너에 대한 믿음에
작은 흔들림을 주고 있다

나도 고집이 있지
너의 편지가 오기 전에
다시는 먼저
편지를 쓰지 않을 거야

어릴적 부터
나도 고집에는 선수였으니
그래 누가 이기나 보자
흥~

하루도 넘기지 못했다

똥고집은 더욱 큰

그리움만 생기게 했다

우리 좀더 일찍 만났다면

우리 좀더
일찍 만났다면
나의 방황이
이렇게 길지는 않았을 텐데

지치고 지쳐 있는 몸
쉬어갈 곳이 있었다면
고통에 못 이겨
쓰러지지도 않았을 텐데

우리 좀더
일찍 만났다면

나 이제
너를 놓치지 않을 거야

멀리 있는 별

얼마나 높이 올라가야
저 별을 만져볼 수 있을까?
조금만 올라가면
잡힐 듯도 한데
땅에서 별까지는
무지무지 멀다나?

그래서인가?
별만 보고 있으면
떠오르는 그녀는
아주 가까운 곳에 있는데
아무리 잡으려 해도
잡히지 않으니
그녀는
내가 있는 곳에서
무지무지 멀리 있나봐

너만 있었다면

아침에 눈을 떠보니
세상이 온통 하얀 눈으로 덮여
마치 한 폭의 아름다운 그림같았어
떨어지는 눈송이 보며
심란해진 마음
추스르기 위해 전화를 찾았지만

눈 속에 묻혀버린
너와의 시간들
돌이킬 수 없는 아쉬움에
친구들과
의미없는 이야기들만 주고받다
씁쓸해진 마음으로
수화기를 내려놓고
눈을 뭉쳐 하늘로 날려보았어

눈에 들어간 하얀 눈이

작은 눈물이 되어

내 뺨을 적시고야 말았어

너만 있었다면

더없이 기쁘게 맞았을 눈 오는 아침에……

사랑 후유증

언제나 돌이킬 수 없는
나만의 습관
너무나 깊어진
너무도 심각한
그대와의 사랑 후유증

앵무새처럼
아무런 느낌없이
사랑해 사랑해
되뇌이다
결국엔 미안해 하며
돌아서야 하는
습관적인
그대와의 사랑 후유증

찡한 사랑 영화 본 날에는

영화 속의 주인공이 되고 싶다.

이루어지지 않는다 해도

영화 속의 주인공처럼 진실된 사랑을 해보고 싶다.

이 평범한 생활에서 벗어나

영화를 찍고 싶다.

마음 아프고 눈가에 눈물 고일 수도 있겠지만

언제나 부럽게 지켜만 볼 수밖에 없는 주인공들의 사랑처럼

나도 진짜 사랑이란 걸 해보고 싶다.

단 한 번이라도…….

한 편의 찡한 사랑 영화 본 날에는.

바보 사랑

내가 사랑을
공부하고 있을 때
그대는 이미
이별을 공부하고 있었고

내가 마음의
여유가 생기고 있을 때
그대는 이미
완성된 조각품

조금만 일찍 알았다면
나도 아픔에 대해
공부해둘 것을
그리움에 대해
아무 공부도 하지 못한 채
사랑만을 공부해 버린

난 바보

넌 천재

그래서 슬픈

바보 사랑

이별이었어

미움인 줄 알았는데
무관심인 줄 알았는데
후회할 줄은 몰랐는데
결코 눈물을
흘리지 않으려 했는데

사랑이었어
그때의 일들은
모두가 사랑이었어

깨달았는데
그때는 행복했는데
너를 떠올리며
후회를 해 보는데

지나간 시간

흐르는 눈물은

그래

이별이었어

괜한 맹세

속이 상해 죽겠어요
아무것도 아닌 일에
화가 나고
속이 상해 죽겠어요

언제부터인지
어느 때부터인지
사소한 일에도
민감한 반응을 보이는 모습이

왜 이리 초라해 보이던지
어디론가 멀리
떠나고만 싶어져요

이제 다시는
그대를 그리워하지 않기로

한 맹세가
자꾸만 흔들리려고 해요

흔들리는 마음
괜한 맹세를 한 것 같아
마음이 아파요
돌이킬 수만 있다면
돌이키고 싶어져요

별똥별

모두가 잠든 깊은 새벽
셀 수 없이 많은
별들을 바라보며
깊은 상념에 빠집니다

제일 만만한
북두칠성을 찾아내곤
오랜 친구라도 만나듯
미소를 지어 봅니다

울적한 마음 달래려
노래도 불러보고
지난 추억들을 떠올리며
마음을 달래는 데
동쪽 하늘에서
별똥별 하나가 떨어집니다

일 초

이 초

삼 초

아차! 소원을 빌어야지

갑자기 떠오르는 얼굴

안 되는데 잊어야 하는데

흔들리는 마음 주체 할 수 없어

고개를 숙입니다

다시는

별을 헤아리지 않을 랍니다

공원 속의 연인

그림 같은 공원 속에
다정한 연인들
낙엽이 쌓여 있는
나무의자에 앉아
쉬지 않고 서로를 보며
웃고만 있다

부럽기도 하고
질투가 나기도 하고
약오르기도 하고
못된 나의 심성은
어느새 뾰루퉁해집니다

스물의 내 젊음
나도 사랑을 하고 싶은데
내 사람을 만나고 싶은데

"행복하세요" 라는

속말을 던지고

자리에서 일어납니다

영원한 기쁨

한꺼번에 너무 많은 사랑을
주어 버리면
이 다음에 내가 지쳐
줄 수 있는 사랑이 바닥났을 때
지친 내 모습에
놀라 달아나지는 않을까?

한꺼번에 너무 많은 사랑을
받아 버리면
이 다음에 내 마음이 무뎌져
사랑임을 못 느낄 때
변한 내 모습에
슬퍼 달아나지는 않을까?

아! 지금의 난
무엇을 할 수 있을까?

너무도 사랑하기에
너무도 어려운 시간이다

너 위해 줄 수 있는 건
모두 다 주고
너에 대한 내 기대는
영원한 기쁨으로 남겨 두련다

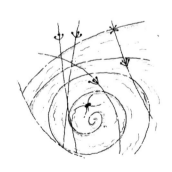

소중한 경험

─동생의 우울을 깨달은 밤

목석 같던 녀석이

태어나 처음으로

이성에 눈을 떠

하루 아침에 활발해진 모습이

너무 보기 좋아

나도 그 둘을 무척이나

사랑했는데

언제부터인지

예전보다 더 말 없어지고

우울의 그늘이 드리워져 있는

동생의 얼굴

무엇 때문인지 어렴풋이

짐작이 가

어유~

이놈아 넌 태어나서

제일 소중한 경험을 한 거야

그것만

그것만 생각해

별을 잃은 밤

어젯밤에는 그렇게도 많던 별이

낮에 내린 비에

모두 젖어 꺼져 버렸는지

오늘밤 하늘은

온통 까맣기만 하네요

있어야 할 별들이

보이지 않기에

내게 있어

밤 하늘의 의미가 없듯이

별을 잃은 밤 하늘처럼

그대 잃은 내 마음은

검은 구름 뒤의 물줄기이지요

저 비가 그치면

내일은 별을 볼 수 있을지 의문입니다

어느날 문득 네가 그리워지면 그러면… 어쩌지? 1

초판1쇄 인쇄 | 2008년 10월 30일
초판1쇄 발행 | 2008년 10월 31일

지은이 | 임우현
펴낸이 | 박대용
펴낸곳 | 도서출판 징검다리

주소 | 413-834 경기도 파주시 교하읍 산남리 292-8
전화 | 031)957-3890,3891 팩스 031)957-3889
이메일 | zinggumdari@hanmail.net

출판등록 | 제 10-1574호
등록일자 | 1998년 4월 3일